S. FISCHER

PETER STAMM

Marcia aus Vermont

Eine Weihnachtsgeschichte

❄

S. FISCHER

MIX
Papier aus verantwortungsvollen Quellen
FSC® C083411
www.fsc.org

Erschienen bei S. FISCHER

Gesamtherstellung: CPI books GmbH, Leck
Printed in Germany
ISBN 978-3-10-397452-2

Für Oliver Vogel

Es war keine Flucht, aber ich muss zugeben, dass ich erleichtert war, das enge Tal nach zwei Monaten endlich zu verlassen. Am Anfang war ich noch ein paarmal auf die Hügel der Umgebung gestiegen, um etwas Aussicht zu haben, aber selbst von da oben sah man nur noch höhere Hügel und bewaldete Berge. Und nachdem Anfang Dezember das Wetter umgeschlagen und der Schnee gekommen war, war ohnehin nicht mehr daran zu denken, abseits der gepflügten Straßen vorwärtszukommen. Selbst auf dem Gelände der Stiftung waren nur die Wege zwischen den Gebäuden begehbar, die von irgendeiner unsichtbaren Hilfskraft geräumt worden waren.

Einen Wagen zu mieten hätte ich mir sparen können, ich hatte ihn die ganze Zeit kaum gebraucht, aber ich hätte nicht gewusst, wie ich sonst von New York in diese gottverlassene Gegend hätte kommen sollen. Am Morgen meiner Rückreise hatte ich auf dem großen Parkplatz hinter dem Hauptgebäude lange suchen müssen, bis ich den Wagen endlich wiederfand. Er war von einer dicken Schneeschicht bedeckt, und ich brauchte fast eine Stunde, bis ich ihn befreit und den Schnee so weit weggeräumt hatte, dass ich fahren konnte. Als ich in mein Zimmer zurückkam, um mein Gepäck zu holen, waren meine Hände rot und geschwollen von der Kälte. Ich ging ins Bad und hielt sie unter fließendes kaltes Wasser. Es fühlte sich an, als würden sie von hundert Nägeln gestochen.

Ich fuhr los, ohne noch jemanden gesehen oder mit jemandem gesprochen zu haben. Die meisten waren ohnehin schon abgereist, und ich hatte mit niemandem viel zu tun gehabt, auch nicht mit dem Personal, das seine Arbeit tat, aber uns sonst so gut wie möglich aus dem

Weg ging. Das junge Mädchen, das jeden Morgen das Frühstücksbüfett aufbaute und das meinen Gruß jeweils nur mit einem undeutlichen Murmeln und einem Nicken erwiderte, hatte ich in der ganzen Zeit noch nie reden gehört. Nur manchmal sah ich, wie es mit einer der Köchinnen tuschelte und dabei ein Gesicht machte, als habe es eben etwas Schreckliches gesehen oder erfahren.

Mein Auto schlingerte auf der vereisten Ausfahrt, aber die Straße war glücklicherweise schneefrei. Nur einmal, hinter einer Kurve, lag Schnee auf der Fahrbahn, der wohl über Nacht vom steilen Abhang herabgerutscht war. Ich musste scharf bremsen und dann auf die Gegenfahrbahn ausweichen, um die Stelle zu umfahren.

Ich hatte vorgehabt, im ersten Coffeeshop am Weg zu frühstücken, aber die Lokale, an denen ich vorbeikam, sahen wenig einladend aus, und ich war schon eine Stunde gefahren, als ich endlich einen Ort fand, der einigermaßen zivilisiert aussah. Aber auch dort gab es nur wässrigen Kaffee und in Plastik eingeschweißte Donuts. Die Bedienung fragte, woher ich käme, und ob ich hier Ferien mache, aber ich war nicht zum Reden aufgelegt oder hatte es verlernt in den vergangenen Wochen des Schweigens. Dabei hatte ich mich auf den Aufenthalt in der Stiftung gefreut, hatte mir genau das erhofft, was ich dann auch gefunden hatte, einen Ort außerhalb der Zeit.

Im Radio plapperten zwei Männer über Autoreparaturen, ein Thema, das sie sehr zu belustigen schien. Ich wechselte die Kanäle, bis ich einen Sender fand, auf dem Jazz lief, unterbrochen nur von gelegentlichen Wetter-Updates und Werbespots für Wasserbetten und Landmaschinen. Ich musste an Marcia denken, daran, wie ich sie vor vielen Jahren an Weihnachten kennengelernt hatte. Ich war damals noch sehr jung und voller Ambitionen nach New York gekommen. Aber nach einem Jahr war mir das Geld ausgegangen, ohne dass ich irgendetwas erreicht oder sich auch nur etwas geklärt hätte, und ich hatte meine Eltern bitten müssen, mir Geld für den Rückflug vorzustrecken. Sie hatten sich gewünscht, dass ich schon für die Feiertage heimkomme, aber wohl aus Trotz hatte ich einen Flug Anfang Januar gebucht. Weihnachten feierte ich mit einem befreundeten brasilianischen Ehepaar und ihren Kindern in Queens, die ich, ohne es zu ahnen, an jenem Tag zum letzten Mal sah. Ich erinnere mich nicht an die Feier, aber sie muss am Mittag stattgefunden haben, denn als ich das Haus meiner Freunde verließ, war es noch nicht dunkel.

Ich war etwas beschwipst und entschied mich, zu Fuß zu gehen. An einer Straßenkreuzung hielt ich an, um mich zu orientieren. Ich nahm mir eine Zigarette, da sprach mich eine junge Frau an und fragte, ob ich für sie auch eine hätte. Als ich ihr Feuer gab, hielt sie ihre Hände schützend um meine, eine zärtliche kleine Geste, die mich berührte. Sie schaute mir in die Augen und lächelte. Heute sei ihr Geburtstag, sagte sie, wenn ich zwanzig Dollar hätte, könnten wir ein paar Sachen kaufen und eine kleine Feier machen.

»Es tut mir leid«, sagte ich, »ich habe nicht so viel bei mir.«

Sie sagte, das sei egal, ich solle hier auf sie warten. Sie gehe einkaufen und komme gleich wieder.

»Seltsam, dass du Weihnachten Geburtstag hast.«

»Ja«, sagte sie, als habe sie daran nicht gedacht, »das ist wahr.«

Sie ging die Straße hinunter, und ich wusste, dass heute nicht ihr Geburtstag war und dass sie nicht zurückkommen würde. »Warte«, rief ich und war mit ein paar schnellen Schritten wieder bei ihr.

Sie kaufte ein wie jemand, der hungrig ist, kalorienreiche Lebensmittel, immer die billigsten Marken, dafür große Packungen, kein Gemüse, keine Früchte. Am Anfang zählte sie noch die Preise zusammen, nannte die Summe und schaute mich an. »Ist schon o.k.«, sagte ich schließlich, »ich habe noch ein paar Travellerschecks.« Ich legte eine Flasche billigen Whisky in den Einkaufswagen. »Ein bisschen Spaß muss sein.«

Die Wohnung lag in einem heruntergekommenen Haus in einer düsteren Seitenstraße. Wir mussten vier Stockwerke hochgehen. Es roch seltsam im Treppenhaus, aber noch seltsamer war die Stille im Haus. Nicht einmal die

Geräusche von der Straße waren zu hören, nur das Knarren der Holztreppe, das so laut war, als könne sie jeden Moment einbrechen.

In der Wohnung war es dunkel und kalt. Wir aßen in der Küche, ohne unsere Mäntel auszuziehen, Toastbrot mit Erdnussbutter und Truthahnaufschnitt. Erst als die Frau satt zu sein schien, stand sie auf und zog den Mantel aus. Sie trug ein enganliegendes schwarzes Kleid, das weder zum Ort noch zum Anlass passte, und schaute mich mit einem halb herausfordernden, halb traurigen Blick an. »Es muss nicht sein«, sagte ich. »Schließlich ist Weihnachten.«

»Bist du ein Heiliger?«, sagte sie. »Das würde mir fast noch mehr Angst machen.«

»Ich habe zu viel getrunken«, sagte ich. Sie grinste. »Das hätte ich auch, wenn ich es mir leisten könnte.«

»Du hast doch Geburtstag«, sagte ich. »Stimmt«, sagte sie, »das hätte ich fast vergessen.«

Ich kann mich nicht mehr an Marcias Haar- oder Augenfarbe erinnern, weiß nicht mehr, ob sie groß oder klein war, schlank oder füllig.

Trotzdem habe ich das Gefühl, ich würde sie erkennen, wenn sie mir noch einmal auf der Straße begegnete. Sie hatte eine Selbstsicherheit und Unverblümtheit, die mich beeindruckte und zu ihr hinzog.

Wir lagen zusammen im Bett. Die Decke war nur dünn, und ich drängte mich eng an sie, weniger aus dem Bedürfnis, ihr nah zu sein, als um nicht zu frieren. »Ich mache das sonst nicht«, sagte sie und fing plötzlich an zu lachen. »Dir ist das vollkommen egal, was? Aber ich mache das sonst wirklich nicht. Weihnachten ist der traurigste Tag des Jahres, und ich bin gerade etwas knapp bei Kasse und wollte nicht auch noch hungrig ins Bett gehen.«

Der Whisky hatte sie gesprächig gemacht und ein bisschen sentimental. Sie erzählte mir von ihrer Familie in Vermont, die sie seit Jahren nicht gesehen hatte, von ihrem Bruder, ihrem kleinen behinderten Bruder, wie sie ihn nannte.

»Das meinst du jetzt nicht im Ernst«, sagte ich. »Das klingt wie eine dieser schrecklichen Weihnachtsgeschichten. Du schläfst mit mir, um Geld für seine Medikamente zu verdienen. Und am Schluss sitzen wir alle zusammen, du und ich, deine Eltern und dein kleiner behinderter Bruder um einen ärmlichen Weihnachtsbaum und singen ›Stille Nacht‹.«

»Mein kleiner behinderter Bruder ist schon lange tot«, sagte sie, »und mein Vater ist reich, und ich habe nicht die Absicht, dich ihm vorzustellen.«

Wir schwiegen eine Weile. »Heißt du wirklich Marcia?«, fragte ich. »Ich dachte, so heißen nur Leute im Fernsehen.«

»Warum nicht?«, sagte sie. Wieder sagten wir nichts, dann fragte Marcia, was meine seltsamsten Weihnachten gewesen seien. Ich ahnte, dass sie schon viele seltsame Weihnachtserlebnisse gehabt hatte und mir die Frage nur stellte, um davon zu erzählen. »Marcia aus Vermont«, sagte ich. »Vielleicht bist du mein seltsamstes Weihnachtsgeschenk.«

Ich zündete jedem von uns eine Zigarette an. Marcia lehnte sich über mich, um unsere Gläser zu füllen. Ihre Brüste streiften meinen Arm. »Ich habe schon schlechteren Whisky getrunken«, sagte sie. Ich zog sie auf mich. »Was ist denn das?«, fragte sie und lachte.

Ich musste geschlafen haben. Es war stockdunkel, und ich hatte keine Ahnung, wie spät es war. Marcia war immer noch wach, aus der Dunkelheit hörte ich ihre Stimme ganz nah an meinem Ohr, als habe sie nie aufgehört zu reden. »Sag schon, was waren die seltsamsten Weihnachten, die du je erlebt hast?«, fragte sie noch einmal, als sei es eine wichtige Frage, als hänge alles von meiner Antwort ab. »Womöglich habe ich meine seltsamsten Weihnachten noch gar nicht erlebt«, sagte ich. »Es ist das erste Mal, dass ich die Feiertage nicht mit meiner Familie verbringe.«

»Vielleicht wird dir das eines Tages seltsam vorkommen«, sagte sie. »Und du?«, fragte ich und tastete mit der Hand nach ihr. Trotz der Kälte im Raum war ihr Körper so warm, als habe sie Fieber. »Komm ein bisschen näher«, sagte ich und zog sie an mich. »Bist du nicht müde?«

»Ich schlafe nie«, sagte sie. Ihr Lachen klang halb belustigt, halb unheimlich.

»Und deine Eltern sind wirklich reich?«, fragte ich.

»Unermesslich reich«, sagte sie.

Ich stand auf und wankte durch den dunklen Raum in den Flur und zur Toilette, in der es noch kälter war als im Schlafzimmer. Als ich zurückkam, hatte Marcia einen Kerzenstummel angezündet, der auf einem Unterteller neben ihrem Bett stand. Sie lag auf dem Rücken und schlug die Decke zurück. »Komm«, sagte sie, »diese Frau braucht sehr viel Liebe.«

Ich hatte nicht den Eindruck, dass Marcia viel Liebe brauchte. Es war ein stummes Ringen, sie wand sich in meinen Armen, umklammerte mich, aber ich hatte trotzdem immer das Gefühl, als sei ein Teil von ihr nicht bei der Sache oder besser, als beobachte sie uns wie ein wachsames Tier, während wir miteinander schliefen. Sie saß auf mir, drückte mich aufs Bett und schaute mich an. Ich wunderte mich, wie stark sie war. Marcia lachte. »Da, wo ich herkomme, müssen Frauen stark sein.«

Die Kerze leuchtete für einen Moment etwas heller und erlosch dann mit einem leisen Zischen. Wir lagen wieder in völliger Dunkelheit. Im letzten Licht schien Marcias Gesicht aufgeleuchtet zu haben, und ihre Züge waren für einen Moment ganz weich geworden, als sei ihr etwas eingefallen oder als erinnere sie sich an einen glücklichen Moment. Sie legte ihren Kopf auf meine Brust und sagte: »Früher haben wir Weihnachten die tollsten Feste gefeiert.«

Marcias Vater war Zeitungsverleger, aber die Familie war schon in früheren Generationen reich gewesen, ich weiß nicht mehr, woher das Geld kam, ob Marcia es mir überhaupt erzählte. Sie war in Burlington aufgewachsen und zur Schule gegangen, aber die Ferien und Feiertage hatte die Familie in einem kleinen Dorf in den Green Mountains verbracht, in einer alten Getreidemühle an einem Fluss. Sie hatte einen Bruder, der ein paar Jahre jünger war als sie und unter einer leichten Behinderung litt. Als er fünf oder sechs Jahre alt war, kam er durch ihre Schuld ums Leben. Sie hätte auf ihn aufpassen sollen und hatte stattdessen gelesen oder war eingeschlafen, ich weiß es nicht mehr. War er im Fluss ertrunken oder irgendwo heruntergefallen? Oder bilde ich mir das alles nur ein, und er war an seiner Krankheit gestorben? Ich weiß nur noch, dass Marcia immer lachte, wenn sie über traurige Dinge sprach.

Sie erzählte mir ihr halbes Leben in jener Nacht. Ich erinnere mich nicht, ob ich auch von mir erzählte, ob ich von meinen Ambitionen sprach, von meinen Versuchen und Niederlagen. »Viele wollen Künstler sein«, sagte ich, »es hat nichts zu bedeuten.«

»Mein Freund ist Schriftsteller«, sagte Marcia.

»Du hast einen Freund?«, fragte ich erschrocken.

»Manchmal«, sagte Marcia.

Das alles war, wie gesagt, sehr lange her, mehr als dreißig Jahre mussten es sein. Ich hatte vieles vergessen, und woran ich mich erinnerte, hatte mit dem, was tatsächlich geschehen war, wohl nicht viel zu tun. Die Erinnerungen hatten über die Jahre ein Eigenleben angenommen, hatten sich zu einer Geschichte gefügt, die sich gut machte in einer Künstlerbiographie, Anfänge in New York, magere Jahre, Freundschaften mit anderen Künstlern, die später ihren Weg machten oder jung starben, all das Zeug.

Seit mehr als zwei Stunden fuhr ich auf schmalen Landstraßen durch wenig bewohntes Gebiet, Farmland löste Wälder ab, manchmal kam ich durch kleine Orte, in denen nicht viel mehr los zu sein schien als da, wo ich herkam. Als ich in New York gelebt hatte, war ich kaum je aus der Stadt herausgekommen, außer wenn ich mit Freunden nach Long Island an einen der Strände gefahren war. Auch später hatte ich in den USA immer nur die großen Städte besucht. Das ländliche Amerika kannte ich nicht, und es wunderte mich, wie zurückgeblieben alles wirkte und wie ärmlich. Ich war froh, als ich in der Nähe der Staatsgrenze endlich auf den Highway kam. Jetzt ging es schneller voran, und ich musste mich weniger konzentrieren. Ich dachte wieder an Marcia, an die kurze Zeit, die wir miteinander verbracht hatten.

Die Tage nach unserer Begegnung waren tatsächlich zu den seltsamsten meines Lebens geworden, als wären für kurze Zeit alle Regeln und alle Konventionen außer Kraft gesetzt, als wäre alles möglich und erlaubt.

Am Morgen lag ich allein im Bett. Ich hörte entfernte Stimmen, jene Marcias und die eines Mannes. Ich stand auf und zog mich an. Als ich versuchte, aus der Wohnung zu schleichen, trat ein Mann in den Flur, der etwas älter zu sein schien als ich und einen dunklen Anzug trug.

»Du musst Peter sein«, sagte er. »Magst du einen Kaffee? Ich habe euch welchen mitgebracht.«

Ich folgte ihm in die Küche, wo Marcia mit der Kaffeemaschine hantierte. Auf dem Küchentisch stand eine Packung Pulverkaffee von Dean & DeLuca.

»Das ist David«, sagte Marcia, »mein Freund, der Schriftsteller, von dem ich dir erzählt habe.«

David entschuldigte sich lachend dafür, dass er sich nicht selbst vorgestellt hatte. Aber er gehöre hier praktisch zum Inventar, da vergesse er manchmal die selbstverständlichsten Umgangsformen. Seine Sprache hatte etwas Gestelztes, das mir auf Anhieb missfiel, trotzdem zog er mich in seinen Bann, wie es mir oft mit Leuten erging, die selbstsicherer sind als ich und zu wissen scheinen, was sie wollen und was sie tun.

Ich weiß noch, dass wir später an diesem Tag bei David zu Hause waren. Er hatte eine sehr schöne Frau, deren Namen ich vergessen habe, sie war Französin, ich glaube, sie hieß Michelle oder Mireille. Als wir ankamen, verließ eben die polnische Haushaltshilfe mit den zwei Kindern die Wohnung, um mit ihnen im Central Park Schlitten zu fahren. Ich weiß noch, dass die Kinder und die Haushaltshilfe nicht wieder auftauchten, auch nicht in den folgenden Tagen, wenn ich da war, um David oder Michelle oder Mireille zu sehen.

Die Wohnung war stilvoll eingerichtet, und es gab sehr große Fenster, in meiner Erinnerung sieht sie aus wie jene von James Stewart in »Fenster zum Hof«, aber ich kann mich täuschen. Ich bin mir sogar ziemlich sicher, dass ich mich täusche. An einen Weihnachtsbaum erinnere ich mich nicht, aber an einen Couchtisch aus Rauchglas, auf dem einige Bildbände lagen. Als ich einen durchgeblättert und zurück auf den Tisch gelegt hatte, korrigierte David seine Position, als hätte hier alles seinen genau festgelegten Platz. Ich weiß auch noch, wie er mir beibrachte, einen richtigen Martini zu mixen, und dass es nicht bei diesem einen blieb.

Wir sprachen über Liebe und Beziehungen. Marcia, David und Michelle oder Mireille schienen in einer Art ménage à trois zu leben, deren Details und Regeln ich nie ganz durchschaute, aber die mir desto reizvoller erschien, je mehr ich getrunken hatte. Was mir von jenem Nachmittag vor allem geblieben ist, ist ein intensives Gefühl von Freiheit, wie ich es selten zuvor oder danach empfunden habe. Es schien mir in diesen Stunden alles richtig und gut. In den kommenden Tagen verbrachten wir viel Zeit miteinander in wechselnden Zusammensetzungen. Einmal fuhr ich mit Marcia und Michelle oder Mireille nach Coney Island, und weil es so kalt war, nahmen wir in unserem Übermut ein Hotelzimmer, das wir den ganzen Nachmittag nicht mehr verließen. Als wir den Schlüssel wieder abgaben, machte der Portier eine schmutzige Bemerkung, aber es war uns egal. Einen Abend verbrachte ich mit David in seiner Wohnung, während Marcia und Michelle oder Mireille irgendwo waren und erst spät in aufgekratzter Stimmung und voller Tatendrang zurückkamen. Ein andermal, als ich kurz nach Hause gegangen war und von dort aus Marcia anrief, sagte sie, sie sei bei David und seiner Frau eingeladen, und als ich fragte, ob ich auch kommen solle, wehrte sie ab. Ich machte ihr eine kleine Eifersuchtsszene, aber sie ließ sich nicht beirren. Dafür besuchte mich Michelle oder Mireille am Tag darauf in meinem Studio. Sie war shoppen gewesen und sagte, sie wolle sich nur etwas aufwärmen bei mir, aber dann blieb sie zwei Stunden. Die Ärmlichkeit meiner Behausung schien sie in eine seltsame Erregung zu versetzen, sie lachte die ganze Zeit. »Erzähl David besser nicht, dass ich hier war«, sagte sie, als sie sich wieder anzog. Silvester waren wir noch alle vier zusammen, dann hörte unsere Beziehung so unvermittelt auf, wie sie begonnen hatte. Die ganze Nacht hatten wir bei David und Michelle oder Mireille durchgefeiert, in meiner Erinnerung ist die Wohnung voll von Menschen, aber vielleicht täusche ich mich auch, und wir waren nur zu viert. Wir tanzten und tranken sehr viel, spielten seltsame Spiele, die plötzlich ernst wurden, bis eine der Frauen laut herauslachte und alles sich auflöste. Als der Morgen dämmerte, verabschiedete ich mich, ohne dass ich meine baldige Abreise erwähnt oder den anderen meine Adresse oder meine Telefonnummer in der Schweiz gegeben hätte. Ich sah die drei nie wieder.

Als ich Marcia kennengelernt hatte, war mein Leben ein ziemliches Durcheinander gewesen. Zurück in der Schweiz ordnete sich alles, und in den folgenden Jahren gingen, wie man so sagt, meine schönsten Hoffnungen in Erfüllung. Aber das alles ist eine andere Geschichte.

An mein Jahr in New York dachte ich selten, nur manchmal, wenn ich an Weihnachten meine Eltern besuchte, fielen mir jene ungewöhnlichen Feiertage ein, die tatsächlich eine einzige Feier für mich gewesen waren, ein Fest der Freiheit und der unbegrenzten Möglichkeiten. Aber vielleicht ist selbst diese Erinnerung eine Täuschung, eine Verklärung.

Ich war danach viele Jahre nicht mehr in New York gewesen, und als ich die Stadt endlich wieder besuchte, war sie eine andere für mich geworden. Wenn ich jetzt da war, ging ich in Museen und Galerien, fuhr in Taxis herum und aß in Restaurants, ohne erst die Preise zu studieren. Ich hatte alle Freiheiten erlangt, die Geld einem bietet, aber das Gefühl der Freiheit von damals hatte ich nicht mehr.

Mein deutscher Galerist hatte mir die Telefonnummer eines befreundeten New Yorker

Kollegen gegeben. Wir trafen uns zum Lunch und sprachen über die Kunstszenen unserer Länder, über Künstler, die wir kannten und schätzten oder verachteten, und schließlich über eine mögliche Ausstellung hier, aber es blieb alles im Vagen. »Es gibt viele Möglichkeiten«, sagte der Galerist. Dann erzählte er mir von einer Künstlerkolonie in Vermont. Er war Mitglied der Jury, die die Bewerbungen sichtete und die Auswahl der Künstler traf, die eingeladen wurden. »Bewerben Sie sich«, sagte er. »Sie verbringen zwei Monate in Vermont, machen, was Sie wollen. Sie können arbeiten oder sich erholen, es interessiert niemanden. Das Essen ist gut und die Landschaft schön.« Der Name der Stiftung war mir gleich bekannt vorgekommen, aber erst als der Galerist mir die Geschichte des Ortes erzählte, merkte ich, dass es Marcias Familie war, die die Künstlerkolonie gegründet hatte, dass der Ort jene alte Mühle war, in der sie einen Teil ihrer Kindheit verbracht hatte. »Die Familie hat ein Kind verloren«, sagte der Galerist. »Danach haben sie das Areal einer Stiftung übertragen zur Förderung der Künste. Inzwischen ist es ein weitläufiges

Gelände mit mehreren Gebäuden. Die Frau ist vor ein paar Jahren gestorben, aber der Mann und seine Tochter leben immer noch da. Er ist weit über achtzig.«

Aus der Ausstellung in New York wurde nie etwas, aber ich hatte so viel zu tun, dass es mir egal war. Erst als ich ein paar Jahre später nach einem großen Projekt plötzlich freie Zeit hatte und nicht wusste, was ich mit mir anfangen sollte, dachte ich wieder an die Künstlerkolonie und an Marcia. Ich bewarb mich um einen Aufenthalt und erhielt kurz darauf die Einladung. Am liebsten wäre ich gleich nach Vermont gereist, aber es waren nur Plätze im November und Dezember frei, und eigentlich war mir das recht. Als die Zeit kam, flog ich nach New York, mietete ein Auto und fuhr los.

Ich wusste vor meiner Anreise nicht viel über die Kolonie, nur eine Wegbeschreibung hatte man mir geschickt und eine seltsam ausführliche Hausordnung voller gewundener Formulierungen und absurder Regeln und Anweisungen, die mehr Fragen aufwarfen als beantworteten.

Ich war den ganzen Tag durchgefahren und kam am späten Nachmittag an, als es schon zu dämmern begann. Ich parkte meinen Wagen hinter der Mühle, die eher wie eine Fabrik aussah, ein riesiger hölzerner Gebäudekomplex, der offenbar über die Jahre immer wieder erweitert worden war. Ich folgte einem Wegweiser, auf dem Reception stand. Das Büro der Stiftung lag in einem kleinen Holzhaus mit großen Schaufenstern, in dem früher bestimmt ein Laden untergebracht gewesen war. Die Tür war nicht abgeschlossen, aber niemand war da. Auf dem Tresen lag ein Umschlag mit meinem Namen.

Neben dem Büro war eine kleine Galerie, deren Tür ebenfalls nicht abgeschlossen und die in helles Licht getaucht war. Auf dem Boden lagen seltsame Objekte aus Ästen und Knochen und Fellen. An der Rückwand hing ein kleiner Wechselrahmen, in dem auf einem Blatt Papier der Name des Künstlers stand und ein kurzer, in der ersten Person verfasster Lebenslauf. Er stamme von den Cowasuck Indianern ab, die früher in dieser Gegend gelebt hätten, schrieb dieser Jeremy Muhn. Dann zählte er die Stationen seines Werdegangs auf, die nicht außergewöhnlicher waren als jene irgendeines Künstlerlebens. Ganz am Schluss kam ein Satz, der sich noch einmal auf Jeremys Herkunft bezog: »Viele von uns sind unter euch in allen Belangen des Lebens. Würden wir euch nicht erzählen, wer wir sind, ihr würdet nichts von uns ahnen.«

Ich öffnete den Umschlag und fand darin einen Schlüssel und einen Plan des Geländes. Neben der alten Mühle, in der auch Gemeinschaftsräume, die Bibliothek und der Speisesaal und im Untergeschoss eine Waschküche und eine Fahrradgarage untergebracht waren, gab es ein gutes halbes Dutzend Häuser mit Studios, Ateliers und Büros und eine Kirche, die offenbar nur noch für Veranstaltungen genutzt wurde. Eines der Häuser ganz am Rand des Geländes war mit einem roten Kreuz markiert, daneben stand, *your place.*

Ich war in einem weißgestrichenen Holzhaus untergebracht, wie ich sie aus amerikanischen Filmen kannte. Es hatte eine Veranda mit einem Schaukelstuhl und ein Fliegengitter vor der Tür. Das Haus war in ziemlich verfallenem Zustand und hätte einen Anstrich dringend nötig gehabt. Es beherbergte vier Studios, zwei im Erdgeschoss, zwei oben. Auf dem Anhänger meines Schlüssels stand die Nummer meines Studios im ersten Stock, und ich stieg die knarrende Treppe hoch. Das Studio bestand aus einem großen Raum mit einem riesigen, viel zu weichen Doppelbett, einer Sitzgruppe und einem altertümlichen Schreibtisch. Auf einer Kommode stand ein Röhrenfernseher, und in einem Winkel des Raumes gab es einen kleinen Kühlschrank, eine Kaffeemaschine und einen Mikrowellenherd. Sogar einige Vorräte waren da, Kaffeepulver, Schwarztee, Oatmeal und eine Dose Nudelsuppe. Neben dem Kühlschrank war eine Tür, die ins Bad führte, in dem eine niedrige Wanne stand und ein klappriger Wäscheständer. Das Fenster war einen Spaltbreit geöffnet, und kalte Luft drang herein.

Auf dem Bett lagen Handtücher und eine zusätzliche Wolldecke, auf dem Schreibtisch ein paar zerfledderte Blätter mit weiteren Informationen, Essenszeiten und Anweisungen für Notfälle, einer Liste mit wichtigen Telefonnummern und einer Anleitung, wie man seinen Computer mit dem Netzwerk verbinden konnte. Das entsprechende Kabel sei im Stiftungsbüro erhältlich, hieß es, dort bekomme man auch einen Benutzernamen und das Passwort.

Die Wände des Zimmers waren mit alten Schwarzweißfotos in kleinen Rahmen geschmückt, die vermutlich das Leben der Kolonie in früheren Jahren zeigten, fröhliche Menschen, die Feste feierten, Bilder von Konzerten und anderen Veranstaltungen, von Wanderungen und Badevergnügen am Fluss. Auf einem Bild saßen wohl zwei Dutzend Menschen um einen riesigen Weihnachtsbaum, seltsam war, dass sie alle verkleidet waren und Masken trugen, als kämen sie eben von einem Ball. Auf vielen der Bilder war ein alter, weißhaariger Mann zu sehen, der sehr ernst wirkte in der fröhlichen Gesellschaft. Ich nahm an, dass er Marcias Vater war, der Gründer der Stiftung. Auf einer der älteren Fotografien sah man ihn neben einer jungen Frau stehen, der er den Arm um die Schulter gelegt hatte. Ich fragte mich, ob es Marcia war, aber ich konnte mich beim besten Willen nicht erinnern, wie sie ausgesehen hatte.

Ich verstaute meine Kleider im großen Schrank im Schlafzimmer und legte meine Zeichenutensilien auf den Schreibtisch. Ohne viel nachzudenken, schaute ich in die Schubladen, sie waren leer, enthielten nur ein wenig Staub, in einer fand ich einen Penny, in einer anderen eine Haarnadel und einen rostigen Brieföffner, der einem Säbel nachgebildet war, aber in der obersten lag ein Manuskript, als sei es für mich hineingelegt worden.

Auf dem ersten Blatt stand nur der Titel, »Eine Weihnachtsgeschichte«, in Anführungszeichen gesetzt. Weder am Anfang noch am Ende des Textes stand der Name eines Autors oder einer Autorin, aber je weiter ich las, desto sicherer war ich mir, dass David die Geschichte aufgeschrieben hatte, jener Freund, den Marcia mir damals vorgestellt hatte. Ich erkannte seine zugleich gestelzte und schnoddrige Art, seine Ironie und seine Blasiertheit. Vor allem aber erzählte die Geschichte von ebenjenen Feiertagen, während derer ich erst Marcia und dann David und seine Frau kennengelernt hatte.

Der Autor hatte unsere Namen geändert,

aus Marcia war Mary geworden, mich nannte er Joseph und sich und seine Frau Dean und Lucie. Joseph, der auch manchmal nur *the swiss guy* genannt wurde, war der Bösewicht der Geschichte, der in eine paradiesische Dreiecksgeschichte eindrang und alles durcheinanderbrachte. Nur Dreiecke seien stabil, hieß es irgendwo im Text. David musste ihn Jahre später geschrieben haben, nur so konnte ich mir erklären, dass seine Erinnerungen kaum etwas mit meinen und vermutlich auch nicht viel mit der Wirklichkeit zu tun hatten. Von der Leichtigkeit und Freiheit, die ich empfunden hatte, war bei ihm nichts zu spüren. Er beschrieb mich als aggressiv und aufdringlich, behauptete, ich hätte sowohl Marcia als auch Michelle oder Mireille bedrängt oder eben Mary und Lucie. Dabei berichtete er von Dingen, von denen er nur wissen konnte, weil die beiden Frauen ihm später davon erzählt hatten, intime Dinge, die ich meinem besten Freund nicht verraten hätte. Überhaupt bekam das Geschehene durch die Erzählung eine Drastik, die ich so nicht empfunden hatte. Es kam mir vor, als sei eine empfindliche Pflanze unter einem

Stapel von Büchern platt gepresst worden zu einem flachen Präparat ohne Schönheit und ohne Leben.

Auch Davids Frau kam nicht gut weg in der Geschichte. Ich hatte schon damals gespürt, dass es zwischen den beiden Spannungen gab. Im Text erzählte David von ihr mit einer Brutalität, die mich überraschte. Lucie war eine verwöhnte Französin, eine Tänzerin, die vom großen Erfolg träumte, aber zu träge war, um irgendetwas dafür zu tun. Um ihre Kinder kümmerte sie sich kaum, stattdessen verbrachte sie die Tage damit, sich in der Stadt herumzutreiben, Deans Geld auszugeben und andere Männer zu treffen. Marcia oder Mary hingegen war der Traum von einer amerikanischen Frau, patent und warmherzig, intelligent und witzig. Wenn die Geschichte stimmte, hatten Marcia und David sich schon als Kinder in einem Summer Camp in Vermont kennengelernt. Sie stammten aus wohlhabenden Familien, und es schien für beide eine Art erste, harmlose Liebe gewesen zu sein, aber zumindest David schien davon überzeugt zu sein, dass sie füreinander bestimmt waren.

Die Vorgeschichte von Mary, Dean und Lucie wurde nur in Fragmenten erzählt, und es wurde mir nicht ganz klar, weshalb Dean und Mary nie zu einem Paar geworden waren, weshalb sie mit Lucie jene Dreiecksbeziehung geführt hatten, die mich damals so faszinierte. Der Text hatte etwas verlogen Rührseliges, er wirkte wie die späte Beichte eines reuigen Sünders. Es war seltsam, wie David diesen Dean, sein Alter Ego, darstellte. Er wirkte ganz anders, als ich ihn erlebt hatte, ein sensibler junger Mann, hochbegabt, aber lebensuntauglich, der von allen Seiten bedrängt und manipuliert wird.

Das Manuskript war vielleicht zwanzig Seiten lang. Die Schrift wurde immer fahriger, und ich hatte zunehmend das Gefühl, nicht eine Geschichte zu lesen, sondern eine Anklageschrift. Auf den letzten Seiten hatte David manchmal wohl aus Nachlässigkeit unsere realen Namen verwendet, seine Frau hieß also Michelle, nicht Mireille, nur war, was er schrieb, für mich die reinste Fiktion. Am meisten aber erstaunte mich die Dringlichkeit, mit der das alles erzählt wurde, als hätten die Ereignisse nicht in einer lange vergangenen Zeit stattgefunden, sondern wirkten bis heute nach. Die Gefühle waren so spürbar im Text, als empfände der Erzähler sie heute noch so intensiv wie damals, die Liebe zu Marcia, die Verachtung für Michelle, den Hass auf mich. Erst auf der letzten Seite begriff ich, weshalb das so war. Nach meiner Abreise war die Beziehung der drei anderen nämlich nicht mehr jenes stabile Dreieck, das es offenbar vor unserer Bekanntschaft gewesen war, sondern zerfiel bald. Dean und Lucie ließen sich scheiden, aber auch er und Mary kamen aus irgendeinem Grund nicht zusammen und verloren sich aus den Augen. Erst in den letzten Zeilen fand der Text zur Ironie seines Anfangs zurück. Er endete mit dem Satz: »Ein Kind ward uns geboren.«

Über dem Lesen hatte ich die Zeit des Abendessens verpasst. Als ich in den Speisesaal kam, war niemand mehr da, nur ein junges Mädchen in einer weißen Schürze, das dabei war, das Büfett abzuräumen, und meinen Gruß nur mit einem scheuen Nicken erwiderte. Ich hatte gerade noch Zeit, mir einen Teller Suppe zu schöpfen und ein paar Scheiben Brot aus einer großen Holzkiste zu nehmen.

Seit ich angekommen war, hatte ich niemanden außer dem jungen Mädchen gesehen, und auch sie war inzwischen verschwunden. Als sie gegangen war, hatte sie das Licht im großen Saal heruntergedreht, und so aß ich allein und fast im Dunkeln mein karges Mahl. Irgendwo im Gebäude übte jemand Klavier, und von draußen war das Rauschen des Flusses zu hören, der wohl früher die Mühle angetrieben hatte. Sonst war es still.

Am Anschlagbrett beim Eingang sah ich, dass heute Abend in der alten Kirche eine chinesische Komponistin einen Vortrag über ihre Arbeit halten und einige ihrer Stücke vorstellen würde. Aber ich hatte keine Lust auf Gesellschaft, vielleicht befürchtete ich auch, ich könnte David oder Marcia begegnen. Ich musste wieder an den letzten Satz der Geschichte denken, ein Kind ward uns geboren. Ich fragte mich, welche der beiden Frauen schwanger geworden war und von wem. Hätte Marcia mich nicht verständigt, wenn es mein Kind gewesen wäre? Aber konnte sie das überhaupt wissen? Und wie hätte sie mich finden sollen? Damals hatte noch kaum jemand das Internet verwendet, und um mich nur mit meinem Namen in der Schweiz zu finden, wären ziemlich viel Spürsinn und Hartnäckigkeit nötig gewesen. Zum ersten Mal rechnete ich nach, wann genau ich Marcia kennengelernt hatte. Es war dreiunddreißig Jahre her.

In der Nähe von Albany hielt ich an einer Autobahnraststätte, tankte den Wagen auf und aß in einem Schnellimbiss ein Sandwich. Es war so groß, dass ich kaum die Hälfte schaffte. Ich beobachtete die anderen Gäste, fragte mich, woher sie kamen und wohin sie gingen, was der Grund ihrer Reise war, was ihre Geschichte. Viele fuhren wohl heim zu ihren Familien, um gemeinsam Weihnachten zu feiern, aber ich beneidete sie nicht. Ich war lieber allein als in schlechter Gesellschaft. Nahe Familie hatte ich ohnehin keine mehr, zumindest war ich bis vor kurzem davon überzeugt gewesen. Schon auf dem Weg in die Stiftung hatte ich hier in der Nähe gegessen, aber da war ich voller Vorfreude und Tatendrang gewesen, wie oft am

Beginn von Reisen. Die Wochen, die vor mir lagen, waren wie ein Versprechen gewesen, das dann nie eingelöst wurde.

Ich hatte mir vorgenommen, in den zwei Monaten die Gegend zu erkunden, um auf neue Ideen zu kommen, aber die Tage und Wochen waren vergangen, ohne dass ich viel unternommen oder zustande gebracht hatte. Ich las, zeichnete ein wenig, schaute fern. Bei den Mahlzeiten waren immer viele Leute da, Stipendiaten und Angestellte der Stiftung. Die meisten waren wesentlich jünger als ich, und da fast alle vor mir angekommen waren, hatten sich bereits Gruppen gebildet, und ich hatte keine Lust, mich einer anzuschließen. Ich setzte mich mal an diesen, mal an jenen Tisch, aber es kam nie zu mehr als zum Austausch einiger Höflichkeiten und belanglosen Gesprächen. Vielleicht waren die jungen Künstler auch befangen, weil ich einen bekannten Namen hatte, aber eigentlich glaube ich nicht, dass mich irgendjemand erkannte. Die Kunstwelt hat viele Fraktionen, und es gehört bei aufstrebenden Künstlern fast zum guten Ton, die Arbeit der alten nicht zu kennen und sich nicht für sie zu interessieren.

Es gab auch einige Musiker in der Kolonie, aber die waren noch mehr für sich, verschwanden nach dem Essen immer gleich wieder, wohl um weiterzuarbeiten oder zu üben. Am geselligsten waren die Schriftsteller, die sich beim Essen oft verabredeten, später ins Pub zu gehen. Ein einziges Mal ließ ich mich überreden, mit ihnen mitzugehen, aber sie redeten nur über Geld und Bücher, die ich nicht gelesen hatte, und nach dem zweiten Bier verabschiedete ich mich und ging zurück in mein Studio.

Von David gab es keine weitere Spur. Einmal erkundigte ich mich, wer vor mir in meinem Studio gewohnt hatte, und erfuhr, dass es eine rumänische Lyrikerin gewesen sei. Ich wagte nicht zu fragen, ob sonst noch jemand Zugang zu den Räumen gehabt hatte, die Türen der leeren Studios standen ohnehin immer offen. Manchmal dachte ich, die ganze Sache mit jener Weihnachtsgeschichte sei ein schlechter Scherz, auch das mit dem Kind, das angeblich geboren worden war. Ich konnte, ich wollte nicht glauben, dass irgendwo ein Kind von mir lebte, ein Kind, das inzwischen erwachsen war und nichts mit mir teilte als meine Gene. Dann fiel mir wieder Marcias kleiner behinderter Bruder ein, und die beiden Kinder wurden in meiner Vorstellung zu einem diffusen Wesen, nicht Mädchen, nicht Junge, zur Idee eines Kindes. Ich sah Marcia Hand in Hand mit ihm spazieren, und es war nicht ganz klar, wer von beiden den anderen beschützte, wer den anderen nötiger hatte.

Den Gründer der Stiftung sah ich nie, und wenn andere von ihm sprachen, war es immer hinter vorgehaltener Hand. Niemand schien viel von ihm zu wissen oder ihn auch nur getroffen zu haben. Die Mitarbeiter redeten nie über ihn, als sei es ihnen verboten worden. Er hatte eine Wohnung im hinteren Teil des Mühlengebäudes, so viel fand ich heraus, mit einem eigenen Eingang und einem von einer Hecke abgeschirmten privaten Garten. Am Anfang hieß es, der Stifter sei in New York, um Fundraising zu betreiben, aber auch als irgendwann ein alter Land Rover vor seinem Eingang stand und manchmal Licht brannte in den Fenstern seiner Wohnung, war er auf dem Gelände nicht anzutreffen.

Am meisten Kontakt hatte ich zu einer Frau namens Tracy, die an der Rezeption arbeitete und für so ziemlich alles zuständig zu sein schien. Sie gab mir ein Kabel und das Passwort für das Netzwerk und erklärte mir, wo ich meine Wäsche waschen könne, half mir beim Ausfüllen irgendwelcher Formulare für die Behörden und händigte mir meine Post aus. Als einmal meine Toilette verstopft war, organisierte sie einen Klempner, und als es anfing zu schneien, warnte sie mich vor Dachlawinen und Glatteis. Manchmal ging ich auch nur zur Rezeption, um ein wenig mit ihr zu plaudern und nicht ganz in Einsamkeit zu versinken. Dann verwickelte ich Tracy in Gespräche, wir redeten über amerikanische Politik oder das Wetter, oder sie erzählte mir von lokalen Ereignissen, dem Anfang der Jagd, dem Bau einer neuen Brücke, lauter belanglose Dinge, bis sie endlich sagte, sie müsse jetzt wieder an die Arbeit. Wenn ich Fragen zum Stifter stellte, wich Tracy aus, aber ich spürte, dass sie großen Respekt vor ihm hatte und eine starke Zuneigung zu ihm empfand. Einmal fragte ich ganz direkt nach Marcia. »Erinnerst du dich an sie?«, fragte Tracy, und ihre Stimme hatte plötzlich einen abweisenden Klang. »Aus einem anderen Leben«, sagte ich. »Ich habe sie lange nicht gesehen«, sagte Tracy. »Wohnt sie denn noch hier?«, fragte ich. In diesem Moment kam der Postbote ins Büro und verwickelte Tracy in ein längeres Gespräch wegen eines Pakets für einen Künstler, der schon abgereist war. Ich winkte den beiden zu und ging.

Die Stiftung stand am Rand eines kleinen Dorfes, das aus nicht viel mehr als einer Hauptstraße mit einem Pub, einem Coffeeshop und ein paar Geschäften bestand und aus einigen ungeteerten Straßen, die sich von Holzhäusern gesäumt die Talflanken hochzogen. Am anderen Ende des Dorfes gab es einen kleinen Supermarkt, in dem ich inzwischen immer häufiger mein Essen kaufte, Fertiggerichte, die ich in der Mikrowelle aufwärmte und in meinem Zimmer aß.

Die Leute im Dorf schienen ein eher kühles Verhältnis zur Stiftung zu haben. Zwar profitierten die Geschäfte von uns Stipendiaten und bestimmt auch von der Küche, die sich rühmte, nur mit lokalen Produkten zu kochen, aber wenn ich in einem der Läden war, spürte ich das Misstrauen der Leute gegen die Künstler, die noch dazu oft wie ich aus dem Ausland kamen. Am freundlichsten war Hilda, die alte Buchhändlerin, die selbst irgendwann von anderswo gekommen und hier hängengeblieben war, wenn ich mich recht erinnere wegen einer Liebesgeschichte. Ihr Laden war winzig, aber sie hatte ein erstaunlich gutes Sortiment, sogar ein Regal mit antiquarischen Büchern und eines mit Gedichtbänden. Ich ging kurz bei ihr vorbei. Sie war am Telefon, und ich schaute die alten Bücher durch. Ich zog ein schmales gelbes Bändchen aus dem Regal, dessen Titel mich neugierig gemacht hatte, »A Map of Verona«. Der Gedichtband war kurz nach dem Krieg erschienen, der Autor war ein Engländer, dessen Namen ich noch nie gehört hatte. Ich blätterte durch das Bändchen, begann die Gedichte zu lesen und hatte das seltsame Gefühl, dass fast jedes mit mir und Marcia zu tun hatte, mit unserer ersten Begegnung und nun meinem Aufenthalt hier. »The Return« hieß eines, das von einem Weihnachtsmorgen erzählte:

We have been off on a long voyage, have we not?
Have done and seen much in that time, but have got
Little that you will prize.

Ein anderes hieß »Outside and In« und begann mit den Worten:

Suddenly I knew that you were outside the house,
The trees went silent you were prowling among.

Ein Zweig zerbrach in der Abendluft, die Vögel schwiegen im Garten. Weswegen bist du gekommen? Bist du im Frieden gekommen? Oder bist du gekommen, um mich zu erpressen, oder nur, um zu wissen?

»Was ist das denn?«, sagte Hilda, als ich das Buch bezahlen wollte, und drehte es in der Hand hin und her, als habe sie es noch nie gesehen. »Sagen wir zehn Dollar?«

Wir redeten noch ein bisschen, und angestachelt von Tracys ausweichenden Antworten, fragte ich nun auch Hilda nach der Tochter des Stifters. Aber auch sie konnte oder wollte nicht viel sagen. Nur, dass Marcia vor vielen Jahren einige Bekanntheit erlangt habe als Fotografin.

»Es war ein kleiner Skandal«, sagte sie, »sie hat einen Band mit Fotos veröffentlicht, die gewisse Leute zu privat fanden. Am meisten Aufruhr gab es aber wegen der Bilder von ihrer Tochter.«

Auf manchen der Fotos sei das Mädchen nackt gewesen, erzählte Hilda, harmlose und eigentlich sehr schöne Bilder. Aber das Buch habe eine riesige Diskussion ausgelöst über Missbrauch und Pädophilie. Dem Verkauf hätte das allerdings nicht geschadet. Danach habe man nicht mehr viel von Marcia gehört.

Ich fragte Hilda, ob sie das Buch habe. Sie schüttelte den Kopf. »Ich kann ja mal im Internet schauen«, sagte sie. »Irgendwo werde ich es schon auftreiben können.«

Als ich aus dem Laden trat, war die Sonne hinter den Wolken hervorgekommen. Ich ging durch das Dorf, passierte den Supermarkt und ging am Fluss entlang weiter nach Westen. Ich versuchte mich an Marcia zu erinnern. Mir fiel ein, dass sie schon damals fotografiert hatte. Als wir mit Michelle in Coney Island gewesen waren, hatte sie uns ständig mit einer alten Kleinbildkamera verfolgt. Michelle hatte sich für sie in Pose geworfen, aber Marcia hatte immer nur gesagt, wir sollten ganz natürlich sein, sie nicht beachten. Ich sehe Marcia breitbeinig dastehen, die Kamera verdeckt ihr Gesicht. Ich frage, ob ich lächeln soll. Sie schüttelt den Kopf. »Nein«, sagt sie, »einfach so. Das ist perfekt.«

Seltsamerweise scheint es mir auch, ich hätte die Fotos damals gesehen, obwohl Marcia auf Film fotografiert und die Abzüge bestimmt nicht in der kurzen Zeit entwickelt hatte, in der wir uns kannten. Vielleicht waren es auch nur meine Erinnerungen, Bilder in Schwarzweiß, wie ich auf einem großen Stein sitze und rauche, wie Michelle sich am Strand an mich lehnt im eisigen Wind, wie wir nackt auf dem Bett liegen in jenem schäbigen Hotelzimmer, das wir aus einer Laune heraus genommen hatten, Michelle jetzt mit ernstem Gesicht und ich mit einem Ausdruck, der mir sogar in meiner Erinnerung nicht gefällt.

Das Tal hatte sich etwas geweitet, und auf dem Talboden war nicht mehr nur Wald, sondern auch Grasland. Ich fragte mich, wohin ich gelangen würde, wenn ich immer weiterginge, aber dann bewölkte sich der Himmel, Regen setzte ein, und ich drehte um und ging zurück.

Den Nachmittag verbrachte ich damit, Informationen über Marcia zu suchen. Die Verbindung mit dem Internet war furchtbar langsam hier, und die meiste Zeit saß ich nur an meinem Computer und wartete darauf, dass eine Seite sich aufgebaut hatte, nur um dann zu merken, dass ich wieder in eine Sackgasse geraten und einer anderen Frau ihres Namens gefolgt war. Viel fand ich nicht heraus, die Zeit von Marcias Erfolg lag lange zurück, noch bevor alles tausendfach im Netz gespiegelt und verewigt wurde.

Seltsamerweise wurde mein Bild von Marcia immer undeutlicher, je mehr ich über sie erfuhr. Das Leben, von dem ich las, war nicht das Leben der jungen Frau, die ich gekannt hatte und die nur noch in Erinnerungen existierte. Es war, als habe jede Tat, jedes Erlebnis, jedes Abenteuer etwas von diesem Leben weggenommen, als seien wir damals noch viel mehr wir selbst gewesen, so unvernünftig und unreif wir uns auch verhalten hatten. Zu bereitwillig hatte ich den Gemeinplatz geglaubt, dass eine Biographie mit zunehmender Länge immer reicher würde. Das Gegenteil war der Fall. Jede Entscheidung, die man traf, vernichtete hundert Möglichkeiten, und am Schluss gelangten wir alle an denselben Punkt und lösten uns auf im Nichts.

Erst als ich den Computer ausschaltete, fiel mir auf, wie dunkel es im Zimmer geworden, und wie still es plötzlich war. Als ich aufstand und ans Fenster trat, sah ich, dass der Regen in Schnee übergegangen war, dass der Rasen und die Bäume schon weiß waren. Es war Zeit für das Abendessen. Mein Kühlschrank war leer, aber ich hatte keine Lust, mit den anderen zu essen. Wenigstens eine Flasche Whisky hatte ich noch. Ich trank viel zu schnell und war schon um neun so betrunken und müde, dass ich mich ins Bett legte und bald einschlief.

Als ich am nächsten Morgen erwachte, schneite es immer noch, und es hörte fast eine ganze Woche nicht mehr auf. Meine Spaziergänge gingen nun nicht mehr weiter als bis zum Supermarkt am Ende des Dorfes und zurück.

Manchmal setzte ich mich schon tagsüber ins Pub, nur um meinem Studio zu entkommen und ein wenig Gesellschaft zu haben.

Es war erst Anfang Dezember, aber am Anschlagbrett im Aufenthaltsraum hing schon eine Einladung zur großen Christmas Party. Der Stifter lud zu sich nach Hause ein. »Alle sind willkommen«, stand auf dem Blatt, »ob sie böse gewesen sind oder brav.«

Hilda hatte Marcias Fotoband für mich gefunden, ein gebrauchtes Exemplar, in dem eine undatierte Widmung stand, »To Peter« und darunter Marcias Name. »Lustig«, sagte Hilda, »dass dein Name drinsteht. Aber es gibt natürlich viele, die so heißen.«

Ich fragte sie, wo sie das Buch aufgetrieben habe. Auf einem Onlinemarktplatz für gebrauchte Bücher, sagte sie. Die Widmung sei bei dem Exemplar gar nicht vermerkt gewesen. Sie habe nur darauf geachtet, dass es in gutem Zustand sei und nicht zu teuer. »Diese Art von Fotos ist ziemlich beliebt bei gewissen Leuten«, sagte sie, »es war gar nicht so leicht, das Buch zu bekommen.«

Ich packte den Band ein und eilte zurück in

mein Studio. Ich schloss die Tür hinter mir ab, als befürchtete ich, bei etwas Verbotenem ertappt zu werden.

Das Buch trug den Titel »Extended Family« und war vierzehn Jahre, nachdem ich Marcia kennengelernt hatte, erschienen. Auf dem Umschlag war ein Bild von Michelle und David und zwei Kindern, vermutlich im Central Park aufgenommen. Aber es war anders als konventionelle Familienbilder, alle schauten in eine andere Richtung, als lebten sie in unterschiedlichen Welten und seien der Fotografin nur durch Zufall gleichzeitig vor die Kamera gelaufen.

Die meisten Fotos im ersten Teil des Bandes waren in Innenräumen aufgenommen worden und zeigten Paare bei ganz alltäglichen Tätigkeiten, beim Abwasch oder im Bad oder beim Fernsehen, aber viele von ihnen waren nackt oder fast nackt, und auf manchen Bildern waren es schwule oder lesbische Paare. Die Bilder waren schwarzweiß und wirkten wie Schnappschüsse und trotzdem komponiert. Ich fragte mich, ob sie gestellt waren, und erinnerte mich daran, wie Marcia mich und Michelle fotografiert hatte, wie sie minutenlang mit der

Kamera vor dem Gesicht ausgeharrt hatte, um im richtigen Moment abzudrücken wie ein Jäger, der darauf wartet, dass das Wild ihm seine verwundbare Stelle präsentiert. Dann sah ich das Bild von Michelle und mir, und es war, als komme in einem Moment die ganze Erinnerung an jenen Tag zurück, nicht so sehr an das, was geschehen war, aber an die Stimmung, die nicht so sorglos gewesen war, wie ich sie in Erinnerung hatte. Marcia lag in Unterwäsche auf dem Bett und las ein Magazin, ich stand nackt am Fenster, das ich einen Spaltbreit geöffnet hatte, und rauchte eine Zigarette. Mein Gesicht war nicht zu sehen, aber in meiner Haltung lag eine Anspannung, Ärger oder Ungeduld.

Die Fotos, die das Buch zu einem kleinen Skandal gemacht hatten, bildeten den zweiten Teil, der den Titel »A Child Is Born« trug. Es waren Bilder von Marcias Tochter, auch sie in ganz alltäglichen Situationen, in ein Spiel vertieft, eine Verletzung vorzeigend, schlafend. Die ersten hatte Marcia direkt nach der Geburt gemacht, sie zeigten ein winziges, schreiendes Wesen, das eher wie ein Tier als wie ein Mensch aussah. Dann kamen Bilder des Mädchens als

Baby, als Kleinkind, das seine ersten Schritte macht, im Kindergartenalter. Ihr Knie ist aufgeschlagen, und sie betrachtet fassungslos, wie das Blut an ihrem Bein herunterrinnt. Während die Bilder des ersten Teils in Stadtwohnungen aufgenommen worden waren, befanden wir uns jetzt in einem Holzhaus wohl irgendwo auf dem Land. Es gab einen verwilderten Garten, Wald, ein Flussufer. Am Schluss der Serie war das Mädchen fast schon ein Teenager, ihr Blick war jetzt anders, gelangweilt, manchmal irritiert, als wolle sie der Fotografin sagen, hör endlich auf, lass mich in Ruhe. Auf manchen Bildern war das Mädchen nackt, und vielleicht war der Skandal, dass es eine ganz gewöhnliche, ungeschützte Nacktheit war, keine Pose wie auf erotischen Fotos, die doch viel weniger zeigten. Als ich am Vortag im Internet nach Marcia gesucht hatte, hatte ich einen empörten Zeitungsartikel gefunden, in dem ihr vorgeworfen wurde, sie hätte ihr Kind missbraucht. Illustriert war der Artikel mit einer Fotografie, auf der das vielleicht fünf oder sechs Jahre alte Mädchen in einem aufblasbaren Planschbecken im Garten stand, in der Hand ein kleines Plastikschiffchen, das es wohl schwimmen lassen wollte. Aber die Zeitungsredakteure hatten die Augen, die Brustwarzen und das Geschlecht des Kindes mit schwarzen Balken abgedeckt, was dem ansonsten harmlosen Bild etwas Schmutziges gab, als sei es ein Beweisstück in einem Prozess und das Kind ein Opfer. Ich hatte auch ein Interview mit Marcia gefunden, in dem sie sich verteidigte und erklärte, wenn sie ihr Kind fotografiere, seien sie nicht Mutter und Tochter, sondern eine Künstlerin und ihr Modell.

»Ich habe keine Erinnerungen an meine Kindheit wie andere Leute«, sagte Marcia im Interview, »manchmal denke ich, meine einzigen Erinnerungen sind jene, die ich um die Fotos meiner Kindheit herum erfunden habe. Vielleicht erschaffe ich mir meine eigene Vergangenheit. Ich misstraue meinen Erinnerungen, auch sie könnten Fiktionen sein.«

Ich schaute das Mädchen auf den Fotos genau an, suchte nach Ähnlichkeiten mit mir oder mit David und Marcia, auch wenn ich mich kaum an ihr Äußeres erinnerte. Aber ich fand nichts, es hätte irgendein Kind sein können. Im Grunde war es auch egal, dieses Kind existierte ohnehin längst nicht mehr, war inzwischen eine Frau mittleren Alters mit ihrer eigenen Geschichte und ihren eigenen Erinnerungen an ein Leben, das ohne mich stattgefunden hatte. Was hätte uns verbunden, wenn wir uns getroffen hätten? Dass Marcia in unserem Leben eine Rolle gespielt hatte? Aber selbst diese Marcia war für jeden von uns eine andere, eine zufällige Geliebte für mich, eine Mutter für sie. Am Ende des Interviews hatte Marcia gesagt, sie werde weiter fotografieren, aber sie werde die Bilder nicht mehr veröffentlichen. »Meine Kunst ist meine Kunst«, sagte sie. »Es ist mir lieber, sie wird nicht gesehen, als dass sie missverstanden wird.«

Am Ende des Buches war ein kurzer, nichtssagender Text von David. Da ich jetzt seinen Nachnamen kannte, konnte ich das Netz auch nach ihm absuchen. Ich fand wieder nicht viel, und was ich fand, war widersprüchlich. Seinen Wikipedia-Eintrag hatte David vermutlich selbst verfasst, er war viel zu ausführlich für die wenigen Texte, die er veröffentlicht hatte, und zählte jedes lokale Stipendium und alle Publikationen in Literaturzeitschriften auf.

Persönliches war darin nicht zu finden. Auf der Homepage einer Zeitung aus Burlington fand ich einen kurzen Nachruf auf jemanden mit Davids Namen, der vor ein paar Jahren erschienen war. Das Alter stimmte, aber ich war nicht sicher, ob es sich wirklich um ihn handelte. Der Verstorbene war Lehrer an einem College gewesen, von einer schriftstellerischen Tätigkeit stand nichts im Text.

Ich war nun nicht mehr weit von New York entfernt. Auch hier war viel Schnee gefallen. Die Wälder waren verschneit, die Felder, die Dächer der Häuser. Dann führte der Highway durch dichter besiedeltes Gebiet, die Einfamilienhäuser wichen Wohnblocks und Bürogebäuden, und der Verkehr nahm zu und wurde hektischer. Endlich tauchte vor mir die George Washington Bridge auf, die von New Jersey nach Manhattan führt. Als ich in New York gelebt hatte, hatte ich eine Zeitlang in einer Wohnung direkt neben der Brücke gewohnt, zusammen mit einer alten Kolumbianerin und zwei chinesischen Augenchirurgen. Schließlich hatte mich der Lärm des Verkehrs, der auch nachts kaum nachließ und mich ganz verrückt machte, nach Queens vertrieben.

Als ich die Brücke überquert hatte und durch Manhattan fuhr, war es mir, als sei ich in eine andere Welt gelangt, und meine Zeit in der Stiftung und alles, was ich dort erlebt hatte, schienen mir weit entfernt und unwirklich wie ein Traum. Vielleicht versuchte ich auch nur, das alles zu verdrängen, zu vergessen und weiterzuleben, als sei nichts geschehen, als sei alles so wie vorher. Ich hatte seit langer Zeit wieder Lust zu arbeiten, mein Galerist hatte sich kurz vor den Feiertagen gemeldet, und wir hatten über eine Ausstellung im Sommer gesprochen. Ich hatte ihm von ein paar Ideen erzählt, und er war begeistert gewesen. Ich hatte keine Lust mehr auf Erinnerungen, auf die alten Geschichten, wollte weitermachen, vorwärtsgehen statt zurückzuschauen auf ein Leben, das ohnehin nicht mehr zu ändern war. Aber als ich durch Queens kam, durch Viertel mit schneebedeckten kleinen Holzhäusern, die nicht so verschieden waren von jenen in Vermont, musste ich doch wieder an die vergangenen Wochen denken.

Es hatte tagelang geschneit, und ich hatte die meiste Zeit in meinem Studio verbracht und immer wieder Marcias Buch angeschaut, bis es mir wirklicher vorkam als die Welt, die mich umgab. Als es endlich aufklarte, hielt mich nichts mehr drinnen. Ich spazierte durch das Dorf, und weil dic Sonne schien, ging ich weiter die geräumte Straße entlang. An einer Stelle, an der sie nahe am Fluss verlief, stapfte ich, obwohl ich nur Halbschuhe trug, durch den tiefen Schnee zum Ufer. Am Wasser hatte sich Eis gebildet, an manchen Stellen war darunter das fließende Wasser zu erkennen.

Ich sehe den Fluss vor mir, ich teste das Eis mit einem Fuß, es knackt, zerbricht, und obwohl ich den Fuß sofort zurückziehe, spüre ich die Kälte des Wassers, das in meinen Schuh schießt. Vielleicht ist es ein Bild aus meiner Kindheit, die weißen Luftblasen, die sich unter dem dünnen Eis bewegen, das dunkel fließende Wasser, aber die Nässe ist real, die Kälte meiner Füße, als ich durch den Schnee weitergehe, ohne mich um die Richtung zu kümmern, geblendet vom Licht der Sonne, das vom Schnee reflektiert wird. Der Kopf tut mir weh vor so viel Helligkeit, und mir schwindelt, aber es gibt nichts, woran ich mich festhalten könnte, nur den tiefen, weichen Schnee. Ich torkle und falle seitwärts hin, lachend über mein Missgeschick und zugleich wie betäubt vom Licht und von der Kälte. Aus der Ferne ist ein Schuss zu hören und dann noch einmal in rascher Folge vier Schüsse, wie die Taktschläge einer unhörbaren Musik.

Ich kam erst zurück zur Stiftung, als es schon dämmerte. Ich war in euphorischer Stimmung, aber mir war so kalt, dass ich selbst in meinem überheizten Studio noch schlotterte, als stecke die Kälte tief in meinem Inneren. Ich nahm ein heißes Bad, schenkte mir ein großes Glas Whisky ein und legte mich ins Bett.

Als ich erwachte, brannte noch Licht im Zimmer und das Whiskyglas stand unberührt auf dem Nachttisch. In meinem Kopf dröhnte es, und meine Stirn glühte. Ich wankte ins Bad, nahm ein Aspirin und legte mich wieder ins Bett.

Am nächsten Morgen ging es mir nicht besser, zu den Kopf- waren Gliederschmerzen hinzugekommen, und obwohl mir kalt war,

war mein Bett nass von Schweiß. Erst gegen Mittag zwang ich mich, aufzustehen und Tee zu kochen. Ich hatte nichts zu essen, aber ich fühlte mich zu schwach, um einkaufen zu gehen, und hatte ohnehin keinen Appetit. Ich konnte kaum klar denken, so sehr dröhnte mir der Kopf. Ich legte mich wieder hin, aber als es mir gegen Abend immer noch nicht besserging, rief ich die Rezeption an. Ich war froh, dass Tracy abnahm und nicht eine der Praktikantinnen, die sie manchmal vertraten. Nachdem ich ihr meine Symptome geschildert hatte, sagte sie, ich hätte bestimmt eine Grippe. »Ich habe in einer Stunde Feierabend, dann komme ich schnell vorbei.«

Ein leises Klopfen weckte mich. Ich stand auf, um die Tür aufzuschließen. Tracy musste lachen, als sie mich sah. »Verzeih«, sagte sie, »du siehst wirklich nicht gut aus.«

Sie hatte eine ganze Batterie von Medikamenten dabei, Instant Hühnerbrühe, Zwieback und Apfelmus in kleinen Plastikbechern. »Leg dich ins Bett«, sagte sie, »ich mache dir eine Suppe.«

Der Wasserkocher brummte. Tracy war wieder an mein Bett getreten, nahm mir den Puls und maß mein Fieber. »104 Grad«, sagte sie mit besorgtem Gesicht. »Ist das viel?«, fragte ich. »Ja«, sagte Tracy, »das ist viel. Aber einen Doktor kann ich um diese Zeit nicht mehr auftreiben.« Sie schaute die Medikamente durch, entschied sich für eines und drückte eine Tablette aus der Folie. »Nimm dieses hier, das sollte dein Fieber senken.«

Ich nahm nur ein paar Schlucke von der Suppe. Auch mein Hals tat weh, und ich hatte immer noch keinen Appetit. Ich dämmerte vor mich hin. An diese Nacht habe ich nur vage Erinnerungen. Ich sehe Tracy im Zimmer herumgehen, sie wischt mir den Schweiß von der Stirn, schüttelt meine Bettdecke auf, misst mein Fieber, gibt mir noch einmal eine Tablette. Sie sitzt im Sessel neben dem Kühlschrank, telefoniert. Sie spricht so leise, dass ich nicht verstehe, was sie sagt. Ich weiß nicht, ob sie einen Freund hat, einen Mann, ob sie Kinder hat, um die sie sich kümmern muss. Ich sehe ein Kind in einem Planschbecken stehen, in der Hand ein kleines Schiff, es ist das Bild aus Marcias Buch.

Tracy nimmt den Stuhl vom Schreibtisch, stellt ihn neben mein Bett, setzt sich hin. Sie hält Marcias Fotoband in der Hand. Also hast du es gewusst, sagt sie. Oder denke ich das nur? Ich habe es gewusst, ich habe sie erkannt. Tracy schlägt den Band auf, liest die Widmung. Und sie hat es auch gewusst. Aber war das wirklich Tracy? Oder war es Marcia? War es die ganze Zeit schon Marcia gewesen, die auf rätselhafte Weise jung geblieben war? Sie lag neben mir im Bett, streichelte meine Stirn, reichte mir meinen Tee. Als sie sich über mich beugt, streifen ihre Brüste meinen Arm. Ich will sie küssen. Du musst trinken, sagt sie und lacht, wie immer, wenn sie über ernste Dinge spricht. Diese Nächte, wenn ich als Kind krank gewesen war und meine Mutter an meinem Bett saß, diese köstlichen Stunden der Schwäche und des Umsorgtseins.

Tracy ist krank. Marcia sitzt an ihrem Bett, legt ihr die Hand auf die Stirn, flößt ihr etwas Tee ein. Auf dem Nachttisch liegt die Kamera. Ich trete ins Zimmer. Wie geht es ihr? Das Fieber ist etwas zurückgegangen. Sie schläft jetzt. Marcia steht auf, ich sehe ihr an, wie müde sie ist.

Geh ins Bett, ich bleibe bei ihr. Ich sitze an Tracys Bett, wache über ihren Schlaf, betrachte ihr stilles Gesicht, eine Dreißigstelsekunde, eine Sechzigstelsekunde lang.

Tracy steht im Planschbecken, das wir bei Walmart für sie gekauft haben und das nur einen Sommer überleben wird, in der Hand ein kleines Schiff, sie kreischt vor Vergnügen. Komm jetzt raus, sage ich, deine Lippen sind schon ganz blau. Sie spritzt mit Wasser nach mir. Pass auf, höre ich hinter mir Marcias Stimme, die Kamera. Ich will Tracy aus dem Becken heben. Warte, sagt Marcia, und ich höre das Klicken des Verschlusses. Tracy weint, ihr Knie blutet. Hol Pflaster, sagt Marcia. Ich renne ins Haus, aber ich bin noch nie in diesem Haus gewesen, ich weiß nicht, wo der Verbandskasten ist. Wo bleibst du?, ruft Marcia aus dem Garten. Tracy weint, sie schreit, sie ist winzig, ich kann nicht glauben, wie winzig sie ist. Ihre Augen sind noch geschlossen, aber ihr Mund sucht schon nach der Brust ihrer Mutter. Ich stehe im Operationssaal, schaue mich um, wo ist der Ausgang? Es gibt keinen Ausgang.

Die Krankheit endete so unvermittelt, wie sie angefangen hatte. Ich wachte eines Morgens auf, mein Kopf war klar, und ich hatte kaum noch Schmerzen. Die Sonne schien durch das Fenster herein, und zum ersten Mal fühlte ich mich zu Hause in diesem Studio, in dem ich schon mehr als einen Monat wohnte. Ich trank einen Schluck vom kalten Tee, der auf dem Nachttisch stand, wollte gerade aufstehen, um zu duschen, als es klopfte und die Tür sich einen Spaltbreit öffnete.

»Wie geht es dir?«, fragte Tracy, aber sie schien mir schon angesehen zu haben, dass es mir besserging, und lächelte zufrieden. »Ich mache frischen Tee.«

Erst als ich aufstand, merkte ich, wie schwach ich noch war. »Du hast drei Tage lang nichts gegessen«, sagte Tracy, stützte mich und führte mich zum kleinen Tisch. Wir saßen uns gegenüber, ich mit meinem Tee, sie mit einem Becher Kaffee, den sie mitgebracht hatte. Einmal zog sie schnell die Luft ein, als wolle sie etwas sagen, aber dann lächelte sie nur wieder, und auch ich lächelte. Zum ersten Mal, seit wir uns kannten, betrachtete ich sie genauer. Sie war hübsch, aber keine auffallende Erscheinung, trug einfache Kleidung, Jeans und einen Rollkragenpullover und darüber eine Daunenweste mit einem kleinen Pferdekopf als Logo. Auch ihre Frisur war praktisch, ihr langes Haar war zu einem Pferdeschwanz gebunden. Sie trug kleine Ohrstecker und am Finger einen einfachen Ring, wohl einen Ehering. »Hast du auch Kinder?«, fragte ich. »Noch nicht«, sagte sie. »Aber du bist verheiratet?« – »Ja«, sagte Tracy, »und du?« Ich schüttelte den Kopf. »Es hat sich nie ergeben.«

Wir wussten nichts voneinander, und ich glaube, in diesem Moment begriffen wir beide, dass es zu spät war, irgendetwas nachzuholen.

»Schön, dass du hergekommen bist«, sagte Tracy. »Ich muss jetzt zur Arbeit.«

Die nächsten Tage mied ich Tracy und holte meine Post nicht ab, ich weiß selbst nicht weshalb. Ich blätterte wieder durch Marcias Fotoband, schaute die Bilder lange an, stellte mir ein anderes Leben vor, ein Leben, das ich hätte führen können, aber für das es nun zu spät war. Ich kann nicht einmal sagen, dass ich es bereute, ich hatte ein gutes Leben gehabt bis jetzt und konnte mir nicht vorstellen, irgendwo in Vermont zu wohnen, in einem kleinen Kaff, Stunden entfernt von der nächsten größeren Stadt, und ich weiß nicht was zu arbeiten. Ich legte den Band beiseite und nahm meine Zeichenutensilien hervor.

Zum ersten Mal, seit ich hier war, arbeitete ich. Es dauerte eine Weile, bis ich meinen Rhythmus wiedergefunden hatte, aber dann lief es gut. Ich aß jetzt auch wieder mit den anderen Stipendiaten, freundete mich mit einigen sogar ein wenig an. Ich lernte jenen Jeremy Muhn kennen, von dem ich am ersten Tag die Ausstellung gesehen hatte. Er sah überhaupt nicht so aus, wie ich mir einen Indigenen vorgestellt hatte, war groß und dünn und so bleich, als gehe er überhaupt nie aus dem Haus. Er erzählte mir, er arbeite mit *road kill*, mit Tieren, die totgefahren worden seien, aber im Moment sei wegen des Schnees nicht viel zu finden. »Wenn ich genug Geld hätte, würde ich mir einen Motorschlitten mieten«, sagte er.

Auf YouTube hatte Jeremy gelernt, die Kadaver zu präparieren. Einmal besuchte ich ihn in seinem Studio, in dem es wie in einem Labor aussah und roch. »Keine Ahnung, warum ich das mache«, sagte er. »Hey, es ist Kunst.«

Ich fragte ihn nach seinen indigenen Vorfahren. Eine seiner Großmütter sei eine Cowasuck gewesen, sagte er, aber schon sie habe kaum noch etwas über die Kultur gewusst. Als Jugendlicher habe er sich eine Zeitlang sehr dafür interessiert, habe bei einer Stammesorganisation mitgearbeitet und sogar versucht, die Sprache zu lernen. »Wir sind die Kinder der Dämmerung, die Menschen aus dem Osten. Möge der große Geist uns segnen.« Er lachte. Inzwischen sei ihm seine Abstammung ziemlich egal. Er habe ja auch französisches Blut und möge trotzdem keinen Camembert. »Ich bin Amerikaner. Wir sind alle nicht von hier. Wir sind das, was wir aus uns machen.«

Die große Party sollte kurz vor Weihnachten stattfinden, rechtzeitig bevor alle nach Hause zurückkehrten. Aber einige Tage vorher wurde die Wetterprognose wieder schlechter, ein Blizzard wurde angekündigt, ein halber Meter Neuschnee und danach extrem tiefe

Temperaturen. Plötzlich herrschte Aufregung, alle hatten Angst, hier steckenzubleiben und ihre Familienfeiern zu verpassen. Wenn ich am Morgen einen Spaziergang machte, sah ich, wie Leute ihre Habe zum Parkplatz schleppten und verluden, wie sie sich umarmten, Adressen tauschten, letzte Worte wechselten. Ich ging zur Rezeption, um meine Post abzuholen. Es hatte sich ein ganzer Stapel angesammelt, aber nichts Wichtiges war dabei.

Tracy organisierte gerade einen Kleinbus, der ein paar ausländische Gäste nach Burlington zum Flughafen bringen sollte. Wir sprachen nur kurz, sie fragte, ob bei mir alles in Ordnung sei. »Mein Flug geht erst nach den Feiertagen«, sagte ich. »Ich wollte noch ein paar Tage in New York verbringen.« Sie lächelte unkonzentriert. »Dann sehen wir uns bestimmt noch.«

Auf meinem Weg zurück zum Studio traf ich Jeremy. »Reist du auch ab?«, fragte ich. Er schüttelte den Kopf und lachte. »Ich verzichte doch nicht auf Gratismahlzeiten.« Er sagte, er wohne nur fünfzig Meilen entfernt, irgendwie werde er es schon schaffen, nach Hause zu kommen. »Vielleicht holt mich auch mein Vater ab.«

In der Luft schwebten erste Flocken. »So ungewöhnlich ist dieses Wetter nicht für die Gegend«, sagte Jeremy.

Der große Schnee kam auf die Stunde genau wie vorhergesagt. Man konnte fast zusehen, wie die Schneedecke wuchs. Der Hausmeister fuhr den ganzen Tag mit der Schneeschleuder auf dem Gelände herum, um die Wege passierbar zu halten, aber als es dunkel wurde, gab er auf. Am nächsten Morgen lag der Schnee auf den Wegen knöchelhoch, und es schneite immer noch.

Nach dem Frühstück ging ich ins Dorf. Ich hatte bei Hilda ein Buch bestellt und wollte es abholen, aber sie sagte, die Lieferung gestern sei nicht gekommen. »Ich war mal in den Alpen«, sagte sie, »ihr Europäer könnt mit Schnee umgehen. Aber hier ergibt man sich einfach, verkriecht sich in seinem Haus und wartet, bis er wieder geschmolzen ist.«

Das Leben im Dorf schien wie in Zeitlupe abzulaufen. Autos schoben sich im Schritttempo durch den Schnee, und auch die wenigen Fußgänger bewegten sich langsamer als sonst, stapften vorsichtig durch die weiße Decke, als hätten sie Angst, sie zu beschädigen. Zurück in der Stiftung sah ich Jeremy, der große Pappkartons auf das Verdeck eines Pick-ups lud. »Das ist mein Vater«, sagte er und legte einen Arm um die Schultern eines gedrungenen Mannes, der nicht viel älter als ich zu sein schien und mir die Hand hinstreckte. Wir redeten kurz, dann sagte Jeremys Vater, er wolle los, der Zustand der Straßen werde nicht besser. »Jetzt verpasst du die Christmas Party«, sagte ich zu Jeremy. Er zuckte mit den Schultern und schüttelte mir ebenfalls die Hand. »Ein andermal. Möge der große Geist mit dir sein.«

Beim Mittagessen war kaum noch jemand da, und das stumme Mädchen räumte mit regungslosem Gesicht die fast vollen Schüsseln wieder ab. Ich hatte noch etwas arbeiten wollen, aber die bevorstehende Party machte mich unruhig, die Aussicht, den Stifter endlich kennenzulernen und vielleicht sogar Marcia nach mehr als dreißig Jahren wiederzusehen. Ich schaute den ganzen Nachmittag fern, beobachtete auf dem Wetterkanal die Fronten feuchter Luft, die auf Satellitenbildern von der

Küste her in unsere Richtung wanderten. Dazwischen kamen Interviews mit Pizzakurieren und Fahrern von Schulbussen, und manchmal wurden einfach nur verschneite Straßen und Dächer gezeigt oder Kinder, die Schneeballschlachten machten oder Schlitten fuhren. Die Wetterleute waren gut gelaunt, scherzten miteinander und gaben den Zuschauern Tipps für den Umgang mit den Schneemassen. Gegen Abend würde die vorherrschende Windrichtung von Nordost zu Nordwest wechseln, sagten sie, arktische Kaltluft werde in die Gegend vordringen und uns in den Griff nehmen. Es würde aufhören zu schneien, dafür würden die Temperaturen massiv fallen. Auf meinem Handy rechnete ich die prophezeiten Temperaturen in Celsius um. In unserer Gegend würde es unter zwanzig Grad minus werden.

Um sechs sollte die Weihnachtsparty beginnen. Ich war pünktlich da, aber es war noch niemand zu sehen. Vor dem Eingang der Wohnung des Stifters brannten Petroleumfackeln, und alle Fenster waren erleuchtet. Ich klopfte und wartete. Nach einer Weile klopfte ich noch einmal, als niemand kam, öffnete ich schließlich selbst die Tür und trat ein.

Das großzügige Foyer war festlich dekoriert mit Girlanden und Schleifen, Tannenzweigen und silbernen und goldenen Christbaumkugeln. Niemand war da, und ich trat durch einen breiten Durchgang ins Wohnzimmer, das ebenfalls dekoriert war, aber in dem sich auch niemand befand. Der Raum war mit schönen alten Möbeln eingerichtet, auf dem Boden lagen dicke Teppiche, und an den Fenstern waren Gardinen, die aussahen, als würden sie nie zugezogen. Überhaupt machte der Raum trotz seiner gemütlichen Einrichtung einen unbelebten Eindruck wie eine Kulisse für einen Film oder ein Fotoshooting. Vor einem der Fenster stand ein riesiger Weihnachtsbaum, der so üppig geschmückt war, dass kaum noch Grün zu sehen war. Darunter lagen Dutzende in glänzendes Papier eingeschlagene Pakete. Auf einem großen, ovalen Tisch standen Schüsseln und Platten voller Essen, kunstvoll belegten Kanapees, Blätterteiggebäck, Salaten, eingelegtem Gemüse, aufgeschnittenem Schinken und Salami und Roastbeef und gebeiztem Lachs. Sogar

Langusten gab es und halbe Hummer. In großen Chromstahlschalen, die von Gasflammen warmgehalten wurden, schwammen Meatballs in Tomatensauce, gab es tranchierten Schweinebraten, Kartoffelgratin und Gemüse. An einem Ende der Tafel lagen auf einem Holztablett verschiedenste Käsesorten, Feigen, Birnen und Trauben, daneben gab es eine Auswahl an Desserts, Stollen und Kekse, Fruchtsalat und Schokoladenmousse und winzige Pralinen, von denen einige mit Blattgold verziert waren.

Ich schaute auf die Uhr, es war Viertel nach sechs. Ich zögerte, dann ging ich zu einem zweiten Tisch mit Getränken und schenkte mir ein Glas Rotwein ein. Ich setzte mich auf einen der Sessel, die an den Wänden standen, aber erhob mich sofort wieder, aus Angst, einen schlechten Eindruck zu machen, wenn der Gastgeber auftauchen würde. An den Wänden des Raumes waren gerahmte Fotografien, Aufnahmen, die offenbar aus den Anfängen der Stiftung stammten, wie jene in meinem Studio. Über dem Kamin hing ein Bild, das ich schon kannte, es war jenes von der Weihnachtsparty mit den maskierten Gästen, das auch bei mir hing. Als ich genauer hinschaute, sah ich, dass es in diesem Raum aufgenommen worden war. Ich sah dieselben Möbel und Gardinen, den Weihnachtsbaum, der vor demselben Fenster stand und ganz am Rand des Bildes einen Teil eines Büfetts, das nicht weniger reich gedeckt zu sein schien als jenes heute.

Es war mir, als könne ich sie hören, die Gäste aus vergangenen Zeiten, ihr Gelächter und Geschwätz. Eine Frau lachte kreischend, jemand begann, ein Weihnachtslied zu singen und brach wieder ab, Besteck klapperte auf den Tellern, irgendwo fiel ein Glas zu Boden. Ich drehte mich um und sah den Raum voller verkleideter Menschen. Ein Mann in einem Eichhörnchenkostüm prostete mir zu, eine Frau in einem enganliegenden schwarzen Abendkleid und mit einer einfachen Maske, die nur den oberen Teil ihres Gesichts verbarg, trat auf mich zu und hakte sich bei mir unter. Sie führte mich, ohne etwas zu sagen, zu einer Gruppe von Männern und Frauen mit Vogelmasken, die stumm die Gläser hoben, dann weiter durch den Raum, als folge sie einem vorbestimmten Weg. Die Masken grüßten mich mit einem Nicken oder einer kleinen Verbeugung, als hätten sie alle nur noch auf mich gewartet. Eine Frau in einem gestreiften Anzug und einem grotesken Zebrakopf machte einen Knicks, wobei der Kopf aus Pappmaché gefährlich zu schwanken begann. Wo ist unser Gastgeber?, fragte ich. Vielleicht kommt er später, sagte meine Begleiterin, lächelte und drückte meinen Arm. Ich spürte die Rundungen und die Wärme ihres Körpers. Es ist doch schon spät, sagte ich. Viel zu spät, sagte die Frau und lachte, als habe sie einen Witz gemacht. Ich wandte mich ihr zu und schaute ihr in die dunklen Augen, die unter der Maske funkelten. Marcia?, fragte ich. Viel zu spät, wiederholte sie nur und führte mich zurück zum Kamin vor ebenjenes Bild, das ich gerade betrachtet hatte, aber darauf war jetzt nur der leere Raum zu sehen und vor dem Kamin eine Familie, ein Mann und eine Frau und zwei Kinder, ein etwas älteres Mädchen und ein kleiner Junge, mit dessen Gesicht etwas nicht in Ordnung war. Mein kleiner behinderter Bruder, sagte Marcia und ließ meinen Arm los. Als ich mich umdrehte, war sie verschwunden, und ich war wieder allein im Raum.

Um sieben war immer noch niemand da, und ich schenkte mir noch ein Glas Wein ein und bediente mich schließlich am Büfett. Die Speisen waren köstlich, aber ich hatte keinen Appetit und stellte den halbvollen Teller auf den Sofatisch. Mit dem Fuß stieß ich die Pakete an, die unter dem Weihnachtsbaum lagen, aber sie schienen leer zu sein, bloße Attrappen. Ich wartete bestimmt noch eine Stunde, bevor ich endlich ging. Niemand außer mir war gekommen.

Es hatte aufgehört zu schneien, und der Himmel war klar. Es war eiskalt. Der Mond war nicht zu sehen, nur unendlich viele Sterne. Einer wanderte über den Himmel, aber als ich genauer hinschaute, sah ich, dass es ein Flugzeug war. Noch in der Nacht packte ich meinen Koffer.

Beim Aufräumen fiel mir der Gedichtband in die Hände, den ich bei Hilda gefunden hatte. Ich blätterte ihn durch und las noch einmal jenes Gedicht, das mich an Marcias und meine Geschichte erinnert hatte. Es endete mit den Zeilen:

I have opened the doors
In sign of surrender. The house is filling with cold.
Why will you stay out there? I am ready to answer.
The doors are open. Why will you not come in?

Ich habe die Tür geöffnet, als Zeichen, dass ich mich ergebe. Das Haus füllt sich mit Kälte. Warum bleibst du da draußen? Ich bin bereit zu antworten. Die Türen sind offen. Warum kommst du nicht herein?

Und plötzlich war ich mir nicht mehr sicher, wer von uns beiden in der Dunkelheit herumschlich und wer die Tür geöffnet hatte. Ich zögerte, dann nahm ich einen Bleistift, schrieb vorne ins Buch »Für Marcia« und unterschrieb. Erst wollte ich noch meine Adresse dazuschreiben, aber die Stiftung hatte alle meine Angaben, wenn Marcia oder Tracy sich melden wollten, würden sie mich finden. Ich legte das Buch auf den Tisch, klappte meinen Koffer zu und ging ins Bett.

Auf dem Highway staute sich der Verkehr. Als ich zum Flughafen kam, dämmerte es schon. Ich gab den Wagen ab, dann nahm ich die Subway zurück in die Stadt. Aber ich stieg schon in Queens aus, an der Haltestelle, in deren Nähe ich vor dreiunddreißig Jahren gewohnt hatte. Ich nahm mir ein Zimmer in einem einfachen Hotel und rief die Fluggesellschaft an, um meinen Flug umzubuchen. Ich hatte es plötzlich eilig, nach Hause zu kommen. Die Flüge an Weihnachten waren alle ausgebucht, aber ich bekam einen Platz am Tag darauf.

Jetzt habe ich doch noch ein paar Tage in New York. Es gibt die eine oder andere Ausstellung, die ich sehen möchte. Ich könnte auch den Galeristen anrufen, aber ich denke nicht, dass ich es tun werde. Es macht mir nichts mehr aus, an Weihnachten allein zu sein. Ich werde gut essen gehen, ins Kino oder ins Theater, vielleicht werde ich ein wenig durch das Viertel spazieren, das Haus suchen, in dem ich damals gewohnt habe, jenes, in dem Marcia wohnte. Aber ich glaube nicht, dass ich die Orte wiederfinden werde, zu lange ist es her, zu viel hat sich verändert. Meine Erinnerungen sind verblasst und undeutlich geworden. Die Häuser sind vielleicht längst abgerissen worden und durch neue ersetzt. Ich werde wohl bald ins Hotel zurückkehren, fernsehen, einen Whisky trinken, einige E-Mails schreiben oder Textnachrichten und mich früh schlafen legen. Mein Leben geht weiter.